HÉSIODE ÉDITIONS

ARTHUR CONAN DOYLE

L'Abbaye de Grange

Hésiode éditions

© Hésiode éditions.

1 rue Honoré - 93500 Pantin.
ISBN 978-2-38512-158-7
Dépôt légal : Janvier 2023

Impression Books on Demand GmbH

In de Tarpen 42
22848 Norderstedt, Allemagne

L'Abbaye de Grange

Par une matinée de forte gelée de l'hiver de 1897, je fus réveillé en sentant une main qui se posa fortement sur mon épaule. C'était celle de Holmes qui, tenant son bougeoir, s'était approché de moi. Son visage avait une expression à laquelle il était impossible de se méprendre et je compris qu'une nouvelle aventure commençait.

– Allons, levez-vous, Watson, il y a du nouveau… pas un mot… habillez-vous vivement et venez !

Dix minutes après, nous montions dans un cab qui nous conduisait à travers les rues silencieuses à la gare de Charing-Cross. L'aurore commençait à peine à se dessiner ; de temps en temps, nous dépassions un ouvrier se rendant à son travail. Holmes, enveloppé dans son grand pardessus d'hiver, gardait le silence et j'étais heureux de l'imiter, car l'air était très vif et nous étions partis sans déjeuner.

Ce ne fut qu'après avoir absorbé du thé au buffet de la gare et nous être installés confortablement dans un compartiment du train de Kent que nous fûmes en état, lui de parler, et moi d'écouter. Holmes tira alors une lettre de sa poche et me lut ce qui suit :

« Abbaye de Grange Marsham, Kent.
3 heures 30 du matin.
« Cher monsieur Holmes,
« Je serais très heureux d'avoir, d'urgence, votre concours dans une affaire qui paraît devoir sortir de l'ordinaire et rentrer tout à fait dans vos cordes. Je me suis borné à délivrer la femme et j'ai eu soin de laisser toutes choses en l'état. Je vous en prie, ne perdez pas un instant, car il me semble difficile de laisser ici sir Eustache.

« Bien vôtre,

« Stanley Hopkins. »

— Hopkins a déjà fait appel à mon concours à sept reprises différentes et chaque fois j'ai pu lui être utile, dit Holmes. Chacune de ces affaires, il me semble, a trouvé place dans votre collection. J'avoue que vous avez su faire un choix judicieux. Cependant, je déplore votre mauvaise habitude de vous préoccuper dans vos récits plutôt de l'intérêt de l'aventure que du point de vue véritablement scientifique. Le résultat de votre méthode est de détruire l'effet d'une série de démonstrations instructives, car, en négligeant les subtilités de mes déductions, vous vous attachez trop aux détails sensationnels qui passionnent le lecteur sans l'instruire.

— Pourquoi n'écrivez-vous pas vous-même vos aventures ? demandai-je avec quelque amertume.

— J'en ai bien l'intention, mon cher Watson, mais pour le moment, vous le savez, je suis trop occupé. Cependant, je compte bien, dans mes vieux jours, réunir en un volume tout l'art du détective… En ce moment, occupons-nous de notre affaire, dont le point de départ paraît être un meurtre.

— Vous pensez donc que sir Eustache est mort ?

— Je le crois, du moins. L'écriture d'Hopkins dénote une agitation profonde et ce n'est pas un homme facile à émouvoir… Oui, à mon avis, il doit s'agir d'un meurtre, et on a dû laisser le cadavre en l'état pour que nous puissions l'examiner. Hopkins ne nous eût pas dérangés pour un simple suicide. Quand il nous annonce qu'il a délivré la femme, cela semble indiquer que celle-ci a dû rester enfermée dans sa chambre pendant le drame. Les personnages en cause font sans doute partie du grand monde ; car le papier à lettre qui a servi à notre ami est fort riche et porte le monogramme E. B. avec des armoiries. Espérons que nous allons avoir une matinée intéressante… le crime a dû être commis hier au soir avant minuit.

— Comment pouvez-vous le savoir ?

– Par un examen attentif de l'indicateur. On a dû appeler d'abord la police de l'endroit ; il a fallu ensuite le temps de communiquer avec Scotland Yard, puis de permettre à Hopkins d'arriver et enfin de nous prévenir. Toute une nuit a été nécessaire pour ces opérations… Enfin, nous voici à la gare de Chislehurst et nous saurons bientôt à quoi nous en tenir.

Après une promenade d'environ deux milles par des chemins étroits, nous arrivâmes devant une grille qui nous fut ouverte par un vieux concierge, dont le visage affligé laissait facilement deviner qu'un drame venait de se produire. L'avenue, formée de vieux ormes, traversait un parc magnifique et se terminait devant un château peu élevé mais très long, avec des colonnades fort élégantes. La partie centrale de la construction était fort antique ; elle était recouverte d'un épais tapis de lierre, au milieu duquel de larges baies montraient les perfectionnements apportés par l'art moderne. Une des ailes du bâtiment paraissait entièrement neuve. Sur le perron se détachait la silhouette jeune et alerte, le visage animé de l'inspecteur Stanley Hopkins.

– Je suis très heureux de votre arrivée, monsieur Holmes, et de celle du Dr Watson, dit-il, mais vraiment, si c'était à refaire, je ne vous aurais pas causé l'ennui d'un voyage, car la dame a repris ses sens et nous a donné de l'affaire un compte rendu si net qu'il ne nous reste plus grand'chose à rechercher. Vous vous rappelez la bande des cambrioleurs de Lewisham ?

– Comment, les trois Randalls ?

– Précisément, le père et les deux fils. Ce sont eux qui ont commis le crime, cela n'est pas douteux. Ils ont fait un coup à Sydenham, il y a quinze jours ; on les y a vus et leur signalement a pu être pris. Ils ont commis une rude imprudence en recommençant si tôt et si près, mais il n'y a aucun doute sur leur culpabilité. Cette fois-ci, c'est une affaire capitale.

– Sir Eustache est donc mort ?

– Oui, il a eu la tête fracassée d'un coup de tisonnier.

– Il s'agit de sir Eustache Brackenstall, m'a dit le cocher.

– C'est bien cela ; un des propriétaires les plus riches du comté de Kent. Lady Brackenstall est dans son boudoir. Pauvre femme ! elle a traversé une dure épreuve. Quand je l'aperçus, tout d'abord, elle était à demi-morte. À mon avis, vous ferez bien de la voir et recueillir de sa bouche le récit des faits ; nous examinerons ensuite la salle à manger.

Lady Brackenstall était d'une beauté remarquable. J'ai rarement rencontré une silhouette plus gracieuse, un visage plus beau. C'était une blonde aux cheveux d'or, aux yeux bleus ; son teint devait avoir cette délicatesse de coloris qui convient aux blondes, mais on ne pouvait que le deviner, car les émotions qu'elle avait subies avaient altéré ses traits si purs. Ses souffrances étaient, à la fois, physiques et morales. Un de ses yeux était entouré d'un cercle noirâtre – une ecchymose – qu'une femme de chambre, mince et sévère, était occupée à baigner avec du vinaigre et de l'eau. La pauvre femme était allongée sur un sofa, mais le regard vif qu'elle nous lança, quand nous entrâmes dans la pièce, nous démontra que ni son courage ni sa présence d'esprit ne l'avaient abandonnée dans ces moments terribles. Elle était enveloppée d'une ample robe de chambre bleu et argent et une robe noire pailletée était étendue à côté d'elle, sur le sofa.

– Je vous ai raconté tout ce qui est arrivé, monsieur Hopkins, dit-elle, ne pourriez-vous pas le répéter à ma place à ces messieurs ?... Enfin, si vous trouvez que c'est nécessaire, je leur dirai tout. Sont-ils allés dans la salle à manger ?

– J'ai pensé qu'il valait mieux qu'ils entendissent le récit du drame de vos propres lèvres.

— Je serai très heureuse de voir cette affaire terminée. C'est horrible pour moi de penser que le cadavre de mon mari est encore là !

Elle frissonna et se cacha le visage dans ses mains ; les longues manches de son vêtement laissaient apercevoir ses bras ; Holmes jeta un cri.

— Mais vous avez d'autres blessures, madame ! Qu'est-ce ceci ?

Et il montra deux taches d'un rouge vif qui se détachaient sur la blancheur de son bras. Elle les recouvrit rapidement.

— Ce n'est rien et cela n'a aucun rapport au drame de la nuit dernière. Veuillez vous asseoir, messieurs, et je vous raconterai tout ce que je sais.

Je suis la femme de sir Eustache Brackenstall, que j'ai épousé il y a à peu près un an. Il est inutile de chercher à cacher un fait connu de tous : notre mariage n'a pas été heureux. Tous mes voisins vous le diraient si je songeais à le nier. Peut-être y a-t-il eu de ma faute ! J'ai été élevée de la vie libre et facile de l'Australie du Sud ; la vie anglaise, avec sa sévérité, ne pouvait guère me convenir. Pourtant la principale raison de notre désunion était due à l'ivrognerie notoire de mon mari. Vivre avec un tel homme pendant une heure est déjà pénible à supporter, vous pouvez penser quel devait être le supplice pour une femme, élevée comme je le fus, de me trouver liée, jour et nuit, à ce personnage. Un tel mariage est pire que la mort !

Elle s'était assise, les joues enflammées, les yeux brillants sous l'ecchymose qui les entourait. Enfin, la main à la fois douce et forte de sa femme de chambre parvint à lui faire reposer la tête sur le coussin ; sa colère se dissipa pour faire place à des sanglots passionnés, et elle continua :

— Je vais vous raconter ce qui s'est passé hier au soir. Vous savez peut-être que les domestiques sont logés dans l'aile moderne du château. La partie centrale comprend les salles de réception, en arrière la cuisine et, au-dessus, notre appartement. Ma femme de chambre, Thérèse, couche seule au-dessus de moi. Aucun bruit ne peut parvenir dans les pièces habitées par les autres domestiques. Les voleurs devaient connaître cette particularité pour procéder ainsi qu'ils l'ont fait.

Sir Eustache s'était retiré à dix heures et demie. Les domestiques étaient couchés depuis longtemps ; seule une femme de chambre se trouvait debout, attendant dans sa chambre que je fisse appel à ses services. Je suis restée jusqu'après onze heures dans ce boudoir, absorbée dans la lecture d'un roman ; puis, avant de monter, j'ai fait le tour de la maison, pour m'assurer que tout était bien fermé. C'était là une de mes habitudes, car, ainsi que je vous l'ai déjà dit, il était impossible de se fier à sir Eustache. J'ai donc visité successivement la cuisine, l'office, le magasin d'armes, la salle de billard, le salon et enfin la salle à manger. En m'approchant de la porte-fenêtre couverte d'épais rideaux, je sentis un courant d'air et me rendis compte qu'elle était ouverte. Je soulevai un de ces rideaux et je me trouvai face à face avec un homme d'un certain âge, aux épaules larges, qui venait de pénétrer dans la pièce. Cette porte-fenêtre donnait sur la pelouse. Je tenais à la main un bougeoir allumé, et je pus apercevoir deux autres individus qui suivaient le premier de très près. Je me rejetai en arrière, mais ils bondirent sur moi et me saisirent les mains et me sautèrent à la gorge. J'ouvris la bouche pour crier, mais ils me portèrent un violent coup de poing qui me fit tomber sans connaissance. Je suis restée dans cet état pendant quelque temps ; quand je repris mes sens, je me rendis compte qu'ils avaient arraché le cordon de la sonnette dont ils s'étaient servis pour me ligotter solidement au fauteuil de la salle à manger. J'étais si étroitement attachée que tout mouvement m'était impossible et, de plus, un bâillon m'empêchait de pousser le moindre cri. C'est à ce moment que mon malheureux mari est entré dans la pièce. Il avait évidemment entendu des bruits alarmants et était arrivé, vêtu seulement de sa chemise et de son pantalon, ayant à la main un solide gourdin. Il se jeta sur les cambrioleurs, mais l'un d'eux, le plus âgé, se baissa rapidement, saisit le tisonnier et lui en porta un coup terrible. Il tomba sans un cri et ne bougea plus ! Je m'évanouis de nouveau, mais pour peu de temps. Quand je rouvris les yeux, je constatai que les malfaiteurs s'étaient emparés de toute l'argenterie placée sur le buffet et d'une bouteille de vin qui y était renfermée. Chacun d'eux avait un verre à la main ; je vous ai déjà dit, je crois, que l'un d'eux était assez âgé et portait toute sa barbe, et que les deux autres étaient des jeunes gens imberbes ; on eût pu les prendre facilement pour le père et les deux fils. Ils échangèrent à voix basse quelques paroles, puis s'approchèrent pour s'assurer que j'étais encore solidement attachée. Enfin, ils se retirèrent en fermant la fenêtre derrière eux. Il me fallut plus d'un quart d'heure pour me débarrasser du bâillon, et mes cris firent descendre ma femme de chambre. Les autres domestiques ne tardèrent pas à être réveillés et je fis prévenir aussitôt la police locale, qui se mit de suite en communication avec celle de Londres. Voilà tout ce que je puis vous dire, messieurs, et j'espère que je ne serai pas dans l'obligation de faire à nouveau le récit de ce drame douloureux.

– Avez-vous des questions à poser, monsieur Holmes ? demanda Hopkins.

– Je ne veux pas abuser plus longtemps de la patience et du temps de lady Brackenstall, mais, avant d'aller dans la salle à manger, je serais heureux d'entendre votre témoignage, répondit Holmes en regardant la femme de chambre.

– J'ai aperçu ces individus, dit celle-ci, avant qu'ils eussent pénétré dans la maison. J'étais assise près de la fenêtre de ma chambre, et j'ai pu distinguer au clair de lune ces trois hommes auprès de la grille, mais je n'y ai guère fait attention. C'est seulement une heure plus tard, accourant aux cris de ma maîtresse, que j'ai trouvé la pauvre femme dans l'état qu'elle vous a dépeint, son mari étendu à terre, la tête fracassée. Il y avait de quoi la rendre folle de se trouver ainsi ligotée, sa robe tachée du sang de son mari. Elle n'a jamais manqué de courage, miss Mary Fraiser d'Adélaïde, et son mariage ne l'a pas changée ! Voici assez longtemps que vous l'interrogez... elle va maintenant, messieurs, avec votre permission, rentrer dans sa chambre en compagnie de sa vieille Thérèse, afin de prendre le repos dont elle a tant besoin.

Avec la tendresse d'une mère, elle passa son bras sous la taille de la jeune femme et sortit de l'appartement.

– Cette gouvernante est avec elle depuis son enfance, dit Hopkins, et elle l'a accompagnée, il y a dix-huit mois, quand elle a quitté l'Australie pour venir en Angleterre. Elle s'appelle Thérèse Wright, et c'est chose rare d'avoir une domestique aussi dévouée. Venez maintenant par ici, monsieur Holmes, s'il vous plaît.

L'intérêt avait disparu du visage si expressif de Holmes, et je me rendis compte que la solution du mystère avait enlevé à ses yeux tout charme à cette affaire. Évidemment, il y aurait une arrestation à opérer, mais ces cambrioleurs vulgaires étaient indignes de lui et de son talent. Pourtant, l'état de la salle à manger de l'Abbaye de Grange ne manqua pas d'arrêter son attention et de réveiller son intérêt.

C'était une pièce haute et spacieuse, au plafond de boiseries de chêne, aux murs ornés de têtes de cerfs et d'armes anciennes. À l'extrémité se trouvait la porte-fenêtre dont on nous avait parlé. À droite, trois fenêtres plus petites étaient percées dans le mur, du même côté, et le soleil d'hiver brillait dans la salle. À gauche, se trouvait une cheminée monumentale en chêne sculpté ; à côté d'elle était placé un fauteuil massif du même bois, dans les barreaux duquel était encore enroulé un cordon rouge solidement attaché à ceux du bas. En délivrant la dame, le cordon avait été relâché, mais les nœuds étaient encore intacts. Ce détail ne frappa que plus tard notre attention, car nos pensées étaient entièrement absorbées par le cadavre allongé devant le feu sur une peau de tigre.

C'était celui d'un homme grand, âgé d'une quarantaine d'années. Il était là, étendu sur le dos, le visage tourné vers le plafond, la bouche entr'ouverte laissant apercevoir des dents blanches qui brillaient sous une barbe noire. Deux mains crispées allongées au-dessus de sa tête tenaient encore un énorme gourdin. Les traits étaient convulsés dans un spasme de haine donnant à son visage une expression terrible. L'homme était évidemment au lit au moment où l'alarme avait été donnée, car il portait une chemise de nuit brodée et ses pieds nus dépassaient son pantalon. La tête avait été broyée, et toute la pièce témoignait de la violence avec laquelle le coup avait été porté. À côté de lui se trouvait le tisonnier faussé ; Holmes l'examina, ainsi que toute la salle, avec la plus scrupuleuse attention.

– Ce vieux Randall doit être un solide gaillard, dit Holmes.

– Oui, répondit Hopkins, je me rappelle avoir entendu parler de lui. C'est un rude client.

– Vous n'aurez aucune difficulté à l'arrêter.

– Pas la moindre. Nous étions sur sa piste depuis quelque temps, mais le bruit courait qu'il était passé en Amérique. Maintenant que nous savons que la bande est dans le pays, je ne sais pas comment il pourra nous échapper. Son signalement a été transmis à tous les ports d'embarquement et une récompense a été offerte à qui le découvrirait. Ce qui me renverse cependant, c'est que les bandits aient eu le toupet de commettre ce crime sachant que la femme pourrait les reconnaître.

– C'est ce que je pense. C'est étonnant qu'ils aient épargné lady Brackenstall.

– Ils ne se sont pas rendu compte, sans doute, qu'elle était revenue de son évanouissement, suggérai-je.

– C'est cela, probablement. La voyant sans connaissance, ils ont pensé qu'un nouveau crime était inutile. Comment était la victime, Hopkins ? Nous avons entendu raconter bien des histoires sur son compte.

– Sir Eustache était un brave homme quand il n'avait pas bu, mais un véritable démon quand il était ivre, ou plutôt quand il l'était à moitié, car il était rare qu'il le fût entièrement. D'après ce que j'ai entendu dire, malgré sa noblesse et sa fortune, il a bien failli tomber entre nos mains. Il y a, sur son compte, une certaine histoire d'un chien arrosé de pétrole, auquel il mit le feu ! Ce fait fit grand bruit et l'affaire ne fut arrêtée qu'avec beaucoup de difficultés, car le chien appartenait à sa femme. Une autre fois, il jeta une carafe à la tête de la femme de chambre Thérèse et un procès-verbal fut même dressé à cette occasion. Évidemment, sa mort est plutôt un événement heureux pour tous. Mais que regardez-vous donc maintenant ?

Holmes se mit à genoux et examina avec la plus grande attention les nœuds du cordon rouge qui avait servi à lier lady Brackenstall, puis il regarda soigneusement l'extrémité à l'endroit où elle avait été rompue par le cambrioleur.

– Lorsque le cordon a été arraché, dit-il, la sonnette a dû tinter violemment dans la cuisine ?

– Personne ne pouvait l'entendre, car la cuisine se trouve sur le derrière de la maison.

– Comment le malfaiteur pouvait-il le savoir, et comment a-t-il osé tirer sur un cordon de sonnette avec une telle violence ?

– C'est vrai, monsieur Holmes, et je me suis déjà posé cette question. Sans aucun doute, il devait connaître les habitudes de la maison, savoir parfaitement que les domestiques se couchaient de bonne heure et que personne n'entendrait la sonnette dans la cuisine ; cela semble même indiquer qu'il avait un complice parmi les gens de service ; ils sont au nombre de huit et, pourtant, tous ont d'excellents certificats.

– On pourrait au besoin soupçonner la domestique à la tête de laquelle sir Eustache avait jeté la carafe, mais, somme toute, il paraît difficile d'admettre qu'elle se soit également prêtée à un acte de violence sur sa maîtresse, à laquelle elle semble toute dévouée. Enfin, ce détail a peu d'importance, et quand vous aurez arrêté Randall, vous aurez sans doute peu de difficulté à mettre la main sur ses complices. Le récit de cette dame paraît corroboré, s'il en était besoin, par tous les détails de nos investigations.

Il se rendit ensuite à la porte-fenêtre et l'ouvrit.

– Il n'y a aucune trace de ce côté ; car, il fallait s'y attendre, la terre est gelée. Je remarque cependant que les bougies des candélabres de la cheminée ont été allumés.

– Oui, c'est grâce à ces lumières et à celle du bougeoir de lady Brackenstall que les cambrioleurs ont pu s'éclairer.

– Qu'ont-il pris ?

– Oh ! pas grand'chose, une demi-douzaine de pièces d'argenterie placées sur le buffet. Ils ont sans doute, d'après la victime, été si bouleversés par la mort rapide de son mari qu'ils n'ont pas osé mettre à sac la maison, comme ils en avaient l'intention.

– C'est sans doute cela ! Pourtant, ils ont eu l'aplomb de boire du vin ici même.

– Probablement pour calmer leur émotion.

– Sans doute. Ces trois verres sur le buffet n'ont pas été touchés, je crois ?

– Non, et la bouteille est telle qu'ils l'ont laissée.

– Voyons-la donc. Tiens, qu'est-ce ceci ?

Les trois verres étaient groupés ensemble, tous trois étaient rougis de vin et un seul contenait un peu de lie. La bouteille se trouvait à côté, encore remplie aux deux tiers. Auprès d'elle était le bouchon long et rouge. L'aspect de la bouteille et la poussière qui la recouvrait démontraient que ce n'était pas du vin ordinaire que les malfaiteurs avaient bu.

L'attitude de Holmes s'était tout à coup modifiée ; il avait perdu son expression d'indifférence et je voyais dans ses yeux perçants s'allumer la flamme de l'intérêt excité. Il souleva le bouchon et l'examina avec le plus grand soin.

– Comment l'ont-ils débouchée ? dit-il.

Hopkins montra un tiroir entr'ouvert dans lequel se trouvait du linge de table et un énorme tire-bouchon.

– Lady Brackenstall a-t-elle dit qu'ils s'étaient servi de ce tire-bouchon ?

– Non, si vous vous le rappelez, elle était sans connaissance à ce moment-là.

– C'est vrai ; je suis convaincu qu'on ne s'est pas servi de cet objet. Cette bouteille a été débouchée avec un tire-bouchon adapté à un couteau de poche n'ayant pas plus de trois centimètres de longueur. Examinez le haut du bouchon : vous verrez qu'on s'est repris à trois fois avant de l'arracher et qu'il n'a pas été entièrement perforé, ce que n'eût pas manqué de faire du premier coup le tire-bouchon de tiroir. Quand vous arrêterez l'assassin, vous trouverez sans doute en sa possession un de ces couteaux.

— Voilà qui est à retenir, dit Hopkins.

— Ces verres m'embarrassent quelque peu, voyez-vous. Lady Brackenstall a bien vu les trois hommes en train de boire ?

— Oui, elle a été très affirmative sur ce point.

— Voilà donc ce qui renverse mon argumentation et, pourtant, il y a une remarque à faire au sujet de ces trois verres. Comment, vous n'y voyez rien ? Enfin, peu importe. Peut-être que l'homme qui, comme moi, a fait des études spéciales et rationnelles cherche toujours aux choses les plus simples des explications compliquées. Il y a sans doute là une simple coïncidence. Allons, bonjour, mon cher Hopkins ; je ne vois plus à quoi je pourrais vous être utile, et vous paraissez bien posséder tous les fils de cette affaire. Vous me ferez connaître, en temps opportun, l'arrestation des Randalls ainsi que le résultat de votre enquête, et j'espère que j'aurai bientôt à vous féliciter. Venez, Watson, nous emploierons, je crois, plus utilement notre temps à la maison.

Pendant le trajet, je vis bien, à l'expression du visage de Holmes, qu'il était très embarrassé au sujet des remarques qu'il avait faites. De temps en temps, il s'efforçait de parler comme si de rien n'était, puis ses doutes le reprenaient, ses sourcils se fronçaient, sa pensée se reportait vers la grande salle à manger de l'abbaye de Grange, où s'était passé ce drame nocturne. Tout à coup, agissant sous l'impulsion du moment, au moment où notre train allait quitter une des stations de la ligne, il sauta sur le quai en m'entraînant.

— Je vous demande pardon, mon cher ami, dit-il, tandis que notre train disparaissait à nos yeux dans une courbe. Je suis désolé de vous rendre victime de ce qui, peut-être, n'est qu'une manie ; mais, sur ma vie, Watson, il m'est impossible de laisser cette affaire dans cet état. Mon instinct me crie : tout cela est truqué !... oui, j'en jurerais ! Et pourtant le témoignage de la maîtresse concorde avec celui de la femme de chambre. Qu'y a-t-il à l'encontre ? trois verres à vin et voilà tout ! Si je n'avais pas, dès le premier moment, ajouté foi à ce récit, si j'avais examiné l'affaire avec le soin que j'apporte d'habitude aux questions qui me sont soumises ; si, dès le début, je n'avais pas eu ce roman pour fausser toutes mes impressions, j'aurais eu, sans doute, des données bien définies, sur lesquelles j'aurais pu tabler. Asseyons-nous sur ce banc, Watson, en attendant le prochain train pour Chislehurst, et laissez-moi vous exposer le problème en vous priant, tout d'abord, de chasser de votre esprit cette idée que les dépositions de la femme de chambre et de sa maîtresse constituent une vérité inattaquable. Il ne faut pas que le charme de lady Brackenstall fausse notre jugement.

Voyons, il y a dans ces déclarations certains côtés qui, vus de sang-froid, doivent éveiller nos soupçons. Ces cambrioleurs ont fait un gros coup à Sydenham il y a quinze jours, leur signalement a été donné dans tous les journaux ; ne semble-t-il pas tout naturel qu'on ait pu inventer un roman dans lequel on leur donne le rôle prépondérant ? Généralement les voleurs, quand ils ont fait une bonne affaire, ne demandent qu'à vivre tranquillement du produit de leur vol, tout au moins pour quelque temps, sans entreprendre aussitôt un nouvel exploit périlleux. Ensuite, il est rare que des cambrioleurs opèrent de si bonne heure. Ce n'est pas non plus dans leurs habitudes de frapper une femme pour l'empêcher de crier, car cela produit généralement l'effet contraire ; pas plus, d'ailleurs, que de commettre un assassinat quand ils sont en nombre suffisant pour n'avoir rien à craindre. Enfin, il est encore moins dans leurs usages de laisser une bouteille à moitié vide. Tous ces points ne vous frappent-ils pas ?

– En effet, l'ensemble de ces circonstances est à peser, bien que chacune d'elles soit possible ; mais, ce qui me paraît le plus extraordinaire, c'est que cette dame ait été ligottée sur un fauteuil.

– Eh bien, Watson, je ne suis pas encore sûr de la réalité du fait. Il leur fallait bien l'assassiner ou la ligotter afin qu'elle ne pût donner immédatement l'alarme. Enfin, je vous ai démontré qu'il y avait quelques invraisemblances dans le récit qu'on nous a fait et pour couronner le tout, il y a ces trois verres.

– Que voyez-vous donc là de bizarre ?

– Les avez-vous bien présents à l'esprit ?

– Oui, très distinctement.

– Elle nous a affirmé qu'elle avait vu trois hommes boire. Est-ce probable pour vous ?

– Pourquoi pas ? il y avait du vin au fond de chacun des verres.

– Assurément, mais il n'y avait de la lie que dans un seul, vous avez pu le remarquer… Cela ne vous suggère-t-il rien ?

– Que le dernier verre rempli est celui qui devait contenir la lie ?

– Pas du tout. La bouteille en était pleine. Il n'est donc pas admissible que les deux premiers soient clairs et que le troisième en contienne. Il n'y a que deux explications possibles : la première, c'est qu'après que le second verre a été rempli, la bouteille a été fortement agitée, mais c'est peu probable, à mon avis, la seconde… Oui… je suis sûr que j'ai raison.

– Que pensez-vous donc ?

– Qu'on ne s'est servi que de deux verres et que la lie a été renversée dans le troisième afin de faire croire que trois personnes avaient bu. Dans ce cas, n'est-ce pas, toute la lie sera dans le même verre ? Pour moi, telle est ma conviction. Si je suis tombé sur la véritable explication de ce point douteux, l'affaire doit être examinée sous un jour nouveau. Lady Brackenstall et sa femme de chambre nous ont menti effrontément et il n'y a rien à croire dans la fable qu'elles ont inventée. Elles avaient, sans doute, un motif puissant pour dissimuler le vrai coupable. C'est alors à nous à reconstituer le drame sans le secours de personne. Telle est notre mission à Chislehurst, Watson, et voici notre train.

On fut très surpris, à l'abbaye de Grange, de notre retour ; mais Sherlock Holmes, ayant appris que Stanley Hopkins était allé faire son rapport à la Sûreté, prit possession de la salle à manger, ferma la porte à l'intérieur et passa deux heures à procéder à un de ces examens minutieux, base de ses succès.

Assis dans un des coins de la salle, je suivis, comme un étudiant consciencieux, tous les pas, toutes les démonstrations du savant professeur. La porte-fenêtre, les rideaux, le tapis, le fauteuil, le cordon furent successivement examinés avec la plus profonde attention. Le cadavre du malheureux baron avait été enlevé, mais tout le reste était resté en l'état où nous l'avions vu le matin. Tout à coup, à mon grand étonnement, Holmes grimpa sur la cheminée. Au-dessus de sa tête était suspendu un bout de cordon rouge de quelques centimètres, encore attaché au fil de fer. Il le contempla longtemps, puis il essaya de s'en approcher en posant son genou sur une étagère en bois, placée le long du mur. Il parvint presque à toucher l'extrémité du cordon, mais c'était surtout l'étagère qui semblait avoir attiré son attention. Enfin, il sauta à terre en poussant un cri de satisfaction.

– Ça va bien, Watson ! s'écria-t-il. Nous tenons notre affaire ; ce sera l'une des plus remarquables de notre collection. Vraiment, j'ai été long à comprendre, et j'ai failli commettre la première erreur de ma vie ! Maintenant, à part quelques anneaux, ma chaîne est complète !

– Vous avez trouvé vos hommes ?

– Mon homme, Watson, mon homme ! Il n'y en a qu'un seul, mais il est formidable. Il est fort comme un lion, voyez donc avec quelle violence a été porté le coup qui a faussé le tisonnier ! Il a plus de six pieds de haut ; il doit être alerte comme un écureuil et très adroit de ses mains. Il doit, de plus, avoir une grande présence d'esprit, car tout ce roman est de son invention. Oui, Watson, tout cela est l'œuvre d'un homme remarquable ; ce cordon de sonnette est pour nous un de ces témoignages muets qui ne trompent pas.

– Que signifie ?...

– Si l'idée de briser un cordon de sonnette vous venait, où pensez-vous qu'il se casserait ? sans nul doute, au point d'attache. Pourquoi se romprait-il à six centimètres de ce point comme dans notre cas ?

– Parce qu'il est usé à cet endroit.

– C'est exact, le bout que nous examinons parait usé... car l'homme a été assez intelligent pour gratter cette extrémité avec son couteau pour donner le change, mais celle qui est restée suspendue n'est pas usée ! D'ici, vous ne pouvez vous en apercevoir, mais si vous montiez sur la cheminée, vous verriez une section nette, sans aucune marque d'usure. Dans ces conditions, il est facile de deviner ce qui s'est produit : l'homme avait besoin de ce cordon et ne voulait pas l'arracher de crainte de donner l'alarme. Qu'a-t-il fait alors ? Monté sur la cheminée, il s'est aperçu qu'il ne pouvait atteindre le cordon ; il a posé un de ses genoux sur l'étagère (où on en voit encore la trace sur la poussière) et il a pu ainsi couper le cordon avec son couteau. Il s'en faut de six centimètres pour que je puisse l'atteindre à cet endroit, je puis donc affirmer que cet homme a six centimètres de plus que moi. Regardez donc cette tache sur le siège du fauteuil de chêne, qu'est-ce cela ?

– C'est une tache de sang.

– Oui, sans aucun doute, c'est du sang. Voilà encore qui renverse entièrement le roman qu'on nous a raconté. Si la femme était assise et ligottée sur ce fauteuil au moment où le crime a été commis, comment se fait-il que cette tache se trouve sur le siège même ? Non, non, elle a été placée sur ce fauteuil après la mort de son mari et je suis sûr que nous trouverions sur la robe pailletée qu'elle portait, une tache correspondante. Ce n'est pas, comme nous l'avions craint, notre Waterloo, mais bien notre Marengo, car, si la bataille a commencé par une défaite, elle s'est terminée par une victoire. Il faut pourtant que je parle à la femme de chambre, Thérèse Wright, mais j'aurai à peser mes paroles si je veux en tirer quelque chose.

C'était un vrai caractère, que cette bonne Australienne. Elle était d'un tempérament taciturne, soupçonneux, désagréable et il fallut quelque temps avant que les manières affables de Holmes eussent pu la faire parler. Elle ne chercha pas à dissimuler la haine qu'elle portait à son maître.

– Oui, monsieur, c'est exact qu'il m'a jeté une carafe à la tête, dit-elle. Je l'avais entendu adresser à sa femme une grossière injure et je lui avais déclaré qu'il n'aurait jamais osé se servir d'une telle expression si le frère de madame avait été là. C'est alors qu'il se livra sur moi à cet acte de violence… Il eût bien pu m'en jeter une douzaine si seulement il eût consenti à ne pas maltraiter ma maîtresse ! Elle était trop fière pour se plaindre, et elle ne disait à personne, pas même à moi, tout ce qu'il lui faisait. Elle ne m'a même pas montré la blessure qu'elle portait au bras et que vous avez pu constater ce matin, mais je sais bien qu'elle provenait d'une épingle à chapeau, qu'il avait eu la lâcheté de lui enfoncer. Ah ! le démon ! Que le Ciel me pardonne de parler ainsi de lui maintenant qu'il est mort, mais c'est la vérité. Il était tout sucre et tout miel quand nous l'avons rencontré, il y a dix-huit mois ; il me semble qu'il y a dix-huit ans de cela ! Elle venait d'arriver à Londres. C'était son premier voyage, c'était la première fois qu'elle quittait son home. Il sut gagner son cœur par son titre de noblesse, sa fortune, ses manières mielleuses. Elle a payé son erreur autant qu'il est possible à une femme de le faire. Nous avons fait sa connaissance aussitôt après notre arrivée, en juin. C'est au mois de juillet que nous l'avons vu pour la première fois et le mariage a eu lieu au mois de janvier de l'année dernière. Elle est encore en ce moment dans le petit salon et consentira certainement à vous recevoir à nouveau, mais ne la questionnez pas trop, car elle a éprouvé une terrible émotion.

Lady Brackenstall était étendue sur le même sofa, mais elle paraissait moins fatiguée. La femme de chambre nous accompagna et commença à baigner le front meurtri de sa maîtresse.

– J'espère, dit la jeune femme, que vous n'êtes pas venus pour m'interroger à nouveau ?

– Non, reprit Holmes de sa voix la plus douce. Je ne veux pas vous causer des ennuis inutiles, madame, et tout mon désir est de vous être utile, car je suis persuadé que vous êtes bien à plaindre. Si vous voulez me traiter en ami et vous confier à moi, vous verrez que je suis digne de votre confiance.

– Que voulez-vous que je fasse ?

– Que vous me disiez la vérité.

– Oh ! monsieur Holmes !

– Il est inutile de nier, lady Brackenstall. Vous n'êtes peut-être pas sans avoir entendu parler de ma modeste réputation ; j'ai la conviction intime que votre histoire a été inventée d'un bout à l'autre.

La jeune femme et sa maîtresse dévisagèrent Holmes, les yeux effrayés.

– Quelle insolence ! s'écria Thérèse, vous voulez donc dire que ma maîtresse a menti ?

Holmes se leva.

– Vous n'avez donc rien à me dire ?

– Je vous ai tout dit.

– Réfléchissez encore ; dans votre intérêt, il vaut mieux être franche.

Elle hésita quelques instants, puis, sous l'empire d'une pensée nouvelle, elle se raidit.

– Je vous ai déclaré tout ce que je savais.

Holmes prit son chapeau et haussa les épaules.

– Je ne puis que le regretter, dit-il.

Et, sans une parole de plus, nous quittâmes la pièce et la maison.

Dans le parc se trouvait une pièce d'eau, près de laquelle se rendit mon ami ; elle était gelée, mais un trou y avait été pratiqué pour permettre à un cygne solitaire de pouvoir nager. Holmes regarda l'animal, passa son chemin et franchit la grille. Là il écrivit un mot pour Stanley Hopkins et le déposa chez la concierge.

– Je me trompe peut-être, mais il faut que j'explique à Hopkins notre seconde visite. Je ne veux pas encore lui faire part de mes soupçons. Nous n'avons plus maintenant qu'à nous rendre aux bureaux des paquebots de la ligne Adélaïde-Southampton, qui, si je me le rappelle bien, sont situés au bout de Pall-Mall. Il y a bien une autre ligne de steamers qui font le service de l'Australie du Sud et de l'Angleterre, mais allons d'abord à la plus importante.

Holmes fit passer sa carte au directeur de la Compagnie et nous obtînmes une audience immédiate, au cours de laquelle il recueillit tous les renseignements voulus. Au cours du mois de juin 1895, un seul paquebot de cette ligne était arrivé en Angleterre ; c'était le Rocher-de-Gibraltar, le plus grand de la Compagnie. En se reportant à la liste des passagers, il trouva que miss Fraiser, venant d'Adélaïde, accompagnée de sa femme de chambre, avait fait la traversée. Ce navire était actuellement en route vers l'Australie et devait se trouver dans le canal de Suez. Ses officiers étaient, à part un seul, les mêmes qu'en 1895. Le premier lieutenant, M. Jack Croker, était passé capitaine et était désigné pour commander un nouveau navire, le Bass-Rock, devant quitter Southampton deux jours plus tard. Il habitait Sydenham, mais il devait venir au bureau ce jour-là, prendre ses instructions ; on offrit même à Holmes de l'attendre, mais il refusa, se bornant à demander des renseignements sur son existence et son caractère.

La carrière du jeune homme, lui dit-on, avait été superbe ; c'était un officier remarquable. Quant à son caractère, il était excellent à bord ; à terre, il passait pour avoir la tête près du bonnet ; c'était un homme loyal et un cœur d'or. Holmes quitta les bureaux après avoir recueilli ces renseignements. De là, il se fit conduire à Scotland Yard. Au lieu d'entrer, il resta dans le cab, absorbé par une rêverie profonde. Enfin, il se rendit au bureau du télégraphe de Charing-Cross, envoya une dépêche et nous rentrâmes enfin à Baker Street.

– Je n'ai pas eu le courage de le dénoncer, dit-il, quand nous fûmes rentrés dans notre appartement. Une fois le mandat lancé contre lui, rien au monde n'eût pu le sauver. Déjà, une ou deux fois dans ma carrière, je me suis rendu compte que j'avais, en faisant arrêter le criminel, causé plus de mal, que lui-même en commettant son crime. Cela m'a donné la prudence et je préfère donner une entorse à la loi qu'à ma conscience. Avant d'agir, il faut que j'en sache encore plus long.

Dans l'après-midi, nous reçûmes la visite de Stanley Hopkins. L'affaire n'allait pas comme il voulait.

– Je crois que vous êtes sorcier, monsieur Holmes. Vraiment, par moments, vous semblez doué d'une puissance surnaturelle. Comment avez-vous pu deviner que l'argenterie se trouvait au fond de cette pièce d'eau ?

– Je n'en savais rien.

– Pourquoi m'avez-vous écrit alors de la faire fouiller ?

– Vous l'avez donc trouvée ?

– Oui, je l'ai trouvée.

– Je suis ravi d'avoir pu vous être utile.

– Mais vous ne m'avez pas été utile, vous avez embrouillé les choses. Quels sont ces cambrioleurs qui volent de l'argenterie et la jettent dans la pièce d'eau la plus voisine ?

– Évidemment, c'est étonnant. En vous écrivant, je pensais que si l'argenterie avait été volée par des gens qui n'en avaient pas besoin et qui avaient voulu seulement donner une fausse piste en simulant un vol, ces gens devaient chercher à s'en débarrasser au plus tôt.

– Mais comment cette idée a-t-elle pu vous venir ?

– Je me suis figuré que c'était possible. En sortant de la porte-fenêtre, les malfaiteurs se sont trouvés devant cette petite pièce d'eau, avec ce trou si tentant. Aurait-on pu trouver une meilleure cachette ?

– Une cachette ! c'est le mot !… je vois la chose maintenant. Il commençait à faire jour, les bandits pouvaient rencontrer du monde sur les routes, et voilà pourquoi ils ont jeté l'argenterie dans la pièce d'eau avec l'espoir de venir la chercher plus tard, au moment opportun… C'est là la vérité… il n'y a pas besoin de chercher des choses plus compliquées.

– Allons, c'est cela, votre système est admirable ! Toute autre idée est inadmissible ; mais, toutefois, vous admettrez que c'est grâce à moi que vous avez découvert l'argenterie !

– Oui, monsieur, c'est à vous que l'honneur en revient. Quant à moi, je viens de subir un premier échec.

– Lequel ?

– Le trio Randalls a été arrêté ce matin à New-York.

– Vraiment, Hopkins ! Il est donc certain qu'ils n'ont pu commettre un crime hier au soir dans le comté de Kent.

– C'est de la guigne, cela ! monsieur Holmes, mais, enfin, il existe bien d'autres bandits, et il y a peut-être une nouvelle bande que la police ne connaît pas.

– C'est très possible… Comment ?… Vous partez ?

– Oui, monsieur Holmes, je ne prendrai aucun repos jusqu'à ce que j'aie tiré cette affaire au clair. Vous n'avez aucune idée à me donner ?

– Je vous en ai donné une.

– Laquelle ?

– Je vous ai suggéré l'idée d'une fausse piste.

– Mais quel serait le mobile ?

– Voilà la question ! je vous indique l'idée, c'est à vous d'y réfléchir. Peut-être y trouverez-vous quelque chose à approfondir. Vous ne voulez pas rester à dîner avec nous ?

– Non... Allons, au revoir, et donnez-nous des nouvelles.

Notre dîner ne traîna pas et la table fut desservie avant que Holmes fît une nouvelle allusion à cette affaire. Il avait allumé sa pipe et se chauffait les pieds. Tout à coup, il regarda sa montre.

– J'attends de nouveaux renseignements, Watson, dit-il.

– Quand ?

– D'ici quelques instants. Vous avez sans doute pensé que j'avais voulu faire poser Hopkins tout à l'heure ?

– Je m'en rapporte à vous.

– Vous êtes plein de bon sens. D'ailleurs, ce que je sais ne regarde que moi, tandis que lui est un agent officiel. J'ai le droit de juger ce que je dois faire, lui n'a pas ce droit ! son devoir est de faire connaître tout ce qu'il peut découvrir. Dans une affaire aussi délicate, je ne voudrais pas le mettre dans une position fausse, aussi je garde pour moi mon opinion jusqu'à ce que je sois moi-même fixé sur ce qu'il convient de faire.

– Quand le serez-vous ?

– Je crois que le moment est venu, et que vous allez assister au dénouement de ce drame.

Un bruit de pas se fit entendre dans l'escalier et notre porte ne tarda pas à s'ouvrir pour laisser passage à un des plus beaux hommes que j'aie jamais vus. C'était un jeune homme de haute taille, aux moustaches dorées, aux yeux bleus, à la peau bronzée par le soleil des tropiques. Il poussa la porte derrière lui et se tint debout devant nous, les poings crispés, paraissant en proie à une vive agitation.

– Asseyez-vous, capitaine Croker. Vous avez reçu ma dépêche ?

Notre visiteur s'assit et nous jeta, à l'un et à l'autre, un regard interrogateur.

– J'ai reçu votre dépêche, et je suis venu à l'heure que vous m'avez fixée. J'ai su que vous étiez allé à nos bureaux, et j'ai compris qu'il était inutile de chercher d'échapper à vos griffes. Qu'avez-vous à m'apprendre et que voulez-vous de moi ? M'arrêter ? Voyons, parlez et ne restez pas à jouer avec moi comme un chat avec une souris.

– Offrez donc une cigarette au capitaine, dit Holmes. Allons, fumez et ne vous laissez pas vaincre par vos nerfs. Je ne vous offrirais pas de fumer avec moi si je vous croyais un criminel ordinaire. Soyez donc franc ; nous parviendrons peut-être à vous tirer d'affaire. Si, au contraire, vous vouliez jouer au plus fin avec moi, je vous préviens que vous sériez vaincu.

– Que désirez-vous que je fasse ?

– Dites-moi la vérité sur le drame de l'Abbaye de Grange, la vérité, voyez-vous, sans rien ajouter, sans rien omettre, entendez-vous. Je me rends compte déjà de la scène, de sorte que si je m'aperçois que vous me trompez je lancerai par la fenêtre un coup de sifflet et je me laverai les mains de ce qui pourra advenir.

L'officier réfléchit quelques instants.

– Enfin, dit-il, allons-y ! Je pense que vous êtes un homme de parole et je vous dirai toute la vérité. Je commence par vous déclarer que je ne regrette rien, que je ne crains rien et qu'en pareille circonstance j'agirais de même. Cet homme méritait ce châtiment, mais cette pauvre Mary Fraiser ! – je ne l'appellerai jamais d'un autre nom – quand je pense que je pourrais lui causer des ennuis, alors que je donnerais ma vie pour la voir sourire… c'est cela qui me terrifie !… Et pourtant… pourtant… pouvais-je faire autrement ? Je vais vous raconter mon histoire, messieurs, et vous jugerez !

Il faut que je revienne en arrière. Vous semblez connaître tout ; vous devez donc savoir que je l'ai rencontrée comme passagère à bord du Rocher-de-Gibraltar, dont j'étais le premier lieutenant. Du jour où je la vis, elle devint mon unique pensée, et pendant chaque jour de la traversée, j'appris à l'aimer de plus en plus. Bien souvent depuis, pendant les nuits obscures où je faisais le quart, je me suis agenouillé pour baiser le pont du navire où ses pieds s'étaient posés. Elle ne fut pas ma fiancée, et elle me traita toujours avec la plus entière franchise. Si je ressentais pour elle de l'amour, elle, de son côté, n'éprouvait pour moi que de l'amitié. Quand nous nous séparâmes, elle était restée libre, moi seul ne l'étais plus.

À mon voyage suivant, j'appris son mariage. Ne lui était-il pas permis d'épouser qui elle voulait ? Qui méritait, plus qu'elle, titres et fortune ? Son mariage ne m'affligea pas outre mesure, car je n'étais pas égoïste, je parvins même à me réjouir de son bonheur qui lui avait évité de m'épouser, moi, pauvre officier de fortune. Tel était l'amour que j'éprouvais pour elle. Je pensais bien ne jamais la revoir, mais au retour de mon dernier voyage je fus promu capitaine, et le navire que je devais commander n'était pas encore lancé. Je dus passer deux mois en famille à Sydenham. Un jour, dans un petit sentier, je rencontrais Thérèse Wright, sa femme de chambre, et elle me racontait la triste vie que menait sa maîtresse. J'ai failli en devenir fou… Penser que cet ivrogne avait osé lever la main sur elle ! Je rencontrai Thérèse de nouveau, puis Mary elle-même. Nous eûmes quelques rendez-vous ensemble, puis elle refusa de me recevoir. L'autre jour, je fus informé que mon départ devait avoir lieu dans huit jours, et je voulus à tout prix la revoir avant de la quitter peut-être pour toujours. Thérèse m'était restée fidèle, car elle adorait sa maîtresse et haïssait son bourreau autant que je le haïssais. Par elle, j'appris les habitudes de la maison. Mary se tenait souvent le soir dans un petit boudoir où elle lisait. Je m'y suis rendu la nuit dernière et j'ai gratté à la fenêtre. Tout d'abord, elle refusa de m'ouvrir. Elle m'aime… – je le sais maintenant – et elle n'eut pas le courage de me laisser exposé au froid glacial de la nuit. Elle me dit tout bas de me rendre à la porte-fenêtre que je trouvai ouverte et j'entrai dans la salle à manger. J'apprenais bientôt de sa propre bouche les violences dont elle avait été victime, et je maudissais son mari, qui osait maltraiter la femme que j'adorais. Je me tenais debout auprès d'elle dans l'embrasure de la porte, en toute innocence, je le jure, quand l'homme entre dans la pièce comme un fou, lui adressant l'injure la plus ignoble qu'un homme puisse lancer à une femme, et la frappe au visage avec un gourdin qu'il tenait à la main. Je me précipite sur le tisonnier pour avoir l'égalité dans une lutte devenue fatale entre nous. Voyez ici sur mon bras la trace de son premier coup – à mon tour, je le frappe et lui fracasse le crâne. J'ose le dire, je ne regrette rien : il fallait que l'un de nous deux disparût ! Bien plus ! C'était la vie de sa femme qui était en jeu ! Voilà dans quelles conditions je l'ai tué. Ai-je eu tort ? Qu'eussiez-vous fait à ma place ? Au moment où elle avait été frappée, la pauvre femme avait poussé un cri qui avait fait descendre la vieille Thérèse. Il y avait une bouteille de vin sur le buffet, j'en versai quelques gouttes entre les lèvres de Mary, que le coup avait à demi assommée, et j'en pris un peu moi-même. Thérèse, froide comme la glace, organisa autant que moi notre roman. Elle le répéta à plusieurs reprises à sa maîtresse, tandis que je montais sur la cheminée pour couper le cordon de sonnette. J'attachai Mary dans le fauteuil en ayant soin d'user le bout du cordon, car il eût été difficile de croire qu'un cambrioleur eût pris la précaution de monter sur la cheminée pour le couper ; puis, je saisis quelques pièces d'argenterie pour faire croire à un cambriolage. Je sortis enfin en invitant Mary et sa bonne à donner l'alarme seulement un quart d'heure après mon départ. En passant, je jetai l'argenterie dans la pièce d'eau et je rentrai à Sydenham en pensant que j'avais fait mon devoir. Voilà la vérité, toute la vérité, dût-elle me conduire à l'échafaud.

Holmes fuma quelque temps en silence, puis il traversa la pièce et donna une poignée de main à notre visiteur.

– C'est bien là la vérité, et je savais déjà tout cela. Aucune autre personne qu'un acrobate ou un marin n'aurait pu arriver jusqu'au cordon de la sonnette, et seul un marin savait faire les nœuds qui attachaient la jeune femme. Une fois seulement dans sa vie, elle s'était trouvée en contact avec des marins, c'était pendant sa traversée ; de plus, il était évident que c'était quelqu'un de son monde, car elle essayait de le sauver, établissant ainsi qu'elle l'aimait. Vous voyez combien il me fut facile d'établir votre culpabilité, du moment où j'eus découvert la bonne piste.

– Je pensais pourtant que la police ne découvrirait jamais notre secret.

– La police n'a rien découvert, et je crois bien qu'elle ne le découvrira pas, mais écoutez, capitaine, cette affaire est très grave, bien que vous ayez été certainement provoqué. Je suis même persuadé que vous pourriez soulever l'exception de légitime défense. Ce serait au jury de décider. En attendant, j'ai tant de sympathie pour vous que si vous voulez disparaître d'ici vingt-quatre heures, personne ne vous en empêchera.

– Croyez-vous donc que l'affaire sera ébruitée ?

– Certainement.

L'officier rougit de colère.

– Que me proposez-vous donc là ? Je suis assez au courant de la loi pour savoir que Mary sera poursuivie comme complice. Pensez-vous que je la laisserai affronter seule l'humiliation d'un procès ? Non, monsieur, faites de moi ce que vous voudrez, mais trouvez un moyen pour sauver ma pauvre Mary.

Holmes lui tendit la main.

– C'était une épreuve que je tentais, dit-il, et vous en sortez victorieux. C'est une grande responsabilité que je prends sur moi, mais j'ai donné d'excellents conseils à Hopkins et, s'il ne sait pas en profiter, tant pis pour lui ! Nous allons vous juger, capitaine, avec toutes les formes légales. Vous êtes l'accusé, Watson sera le jury – il en est digne d'ailleurs – et moi, je suis le juge. Messieurs les jurés, vous connaissez l'affaire… L'accusé est-il coupable ?

– Non, à l'unanimité, répondit Watson.

– Vox populi, vox Dei. Nous vous déclarons acquitté, capitaine Croker. Tant que la justice n'accusera pas un autre homme du crime que vous avez commis, vous pouvez vivre en paix. Revenez dans un an auprès de votre amie, et que son avenir et le vôtre justifient notre jugement de ce soir.